A terra uma só

Guarani

Timóteo Verá Tupã Popygua

Hedra edições

Coleção Mundo Indígena

A terra uma só
Yvyrupa

edição brasileira© Hedra 2022
organização e ilustração© Anita Ekman
introdução© Maria Inês Ladeira

coordenação da coleção Luisa Valentini
edição Jorge Sallum
coedição Suzana Salama
assistência editorial Paulo Henrique Pompermaier
capa Lucas Kroëff
revisão Luisa Valentini, Vicente Sampaio e Renier Silva

ISBN 978-65-89705-66-6
conselho editorial Adriano Scatolin,
Antonio Valverde,
Caio Gagliardi,
Jorge Sallum,
Ricardo Valle,
Tales Ab'Saber,
Tâmis Parron

Grafia atualizada segundo o Acordo Ortográfico da Língua Portuguesa de 1990, em vigor no Brasil desde 2009.

Direitos reservados em língua portuguesa somente para o Brasil

EDITORA HEDRA LTDA.
Av. São Luís, 187, Piso 3, Loja 8 (Galeria Metrópole)
01046–912 São Paulo SP Brasil
Telefone/Fax +55 11 3097 8304
editora@hedra.com.br

www.hedra.com.br

Foi feito o depósito legal.

A terra uma só
Yvyrupa

Timóteo Verá Tupã Popygua

Anita Ekman (*organização e ilustração*)
Maria Inês Ladeira (*introdução*)

2ª edição

São Paulo   2022

A terra uma só reúne narrativas dos Guarani Mbya sobre a origem da terra, do ser humano, da linguagem e dos animais e plantas da Mata Atlântica contadas, pela primeira vez, por um Guarani Mbya, sem intermediário de um *juruá*, não indígena. As narrativas históricas do povo se entrelaçam com dados autobiográficos da vida do autor.

Timóteo Verá Tupã Popygua é escritor, líder e ativista guarani, e coordenador da Comissão Guarani Yvyrupa (CGY).

Anita Ekman é artista visual, *performer* e ilustradora que trabalha com as artes ameríndias e afro-brasileiras. Como especialista em arte indígena, trabalhou na formação da coleção *Great Masters of Popular Art in Ibero-America*, do Banamex Cultural Fund.

Maria Inês Ladeira é mestre em Antropologia Social pela PUC–SP, doutora em Geografia Humana pela USP, pesquisadora no LAS/ EHESS de Paris, pós-doutora em Antropologia no Instituto de Ciências Sociais (ICS) da Universidade de Lisboa. Sócia fundadora do Centro de Trabalho Indigenista (CTI), dedica-se a projetos de conservação territorial e ambiental e pesquisas etnológicas entre o povo Guarani com atenção em temas como cosmologia, territorialidade, corporalidade, cultura material e imaterial.

Mundo Indígena reúne materiais produzidos com pensadores de diferentes povos indígenas e pessoas que pesquisam, trabalham ou lutam pela garantia de seus direitos. Os livros foram feitos para serem utilizados pelas comunidades envolvidas na sua produção, e por isso uma parte significativa das obras é bilíngue. Esperamos divulgar a imensa diversidade linguística dos povos indígenas no Brasil, que compreende mais de 150 línguas pertencentes a mais de trinta famílias linguísticas.

Sumário

Apresentação 9
Introdução, *por Maria Inês Ladeira* 11

TEMPOS PRIMORDIAIS 17
Nhanderu nhamandu tenondegua 21
Nhamandu ombojera gua'y marã e'yrã 25
Yvy tenonde 29
Nhanderu ra'y kuery oguero jera gua'y py'a guax . . . 33
Yvy mbyte 37

DESDE O INÍCIO DO MUNDO 39
Ka'arua 41
Tenondere 45

LUGARES RENASCENTES EM YVYRUPA 49
Yakã ryapy 53
Minha vida nesta Terra 55
Comissão Guarani Yvyrupa 59
Poesia e pensamento sobre o futuro da terra 61

Posfácio, *por Anita Ekman* 63
Glossário 71

Apresentação

Este livro foi escrito por Timóteo da Silva Verá Tupã Popygua para pessoas de todas as idades, contando o que aprendeu e pensou nos caminhos que percorreu pela Mata Atlântica, na América do Sul, junto a seu povo, os *Nhande'i va'e*, conhecidos também como Guarani Mbya.

Aqui você vai encontrar uma pequena parte de um mundo de saberes que pertence aos *Nhande'i va'e*. Caso esses saberes despertem seu interesse ou lhe dêem inspiração para novas ideias e ações, recomendamos que você entre em contato com as pessoas que fizeram o livro,[1] que poderão lhe ensinar muito mais sobre a cultura e a realidade dos *Nhande'i va'e*.

---

1. E-mails para contato: *timoteovera@gmail.com* e *brasil.anita@gmail.com*.

Introdução
Cosmologia, ciência, ética e percepção guarani

MARIA INÊS LADEIRA

Pelas linhas e entrelinhas deste livro, recebemos as palavras milenares, consagradas e cultivadas oralmente pelos *Nhande'i va'e, jeguakava* e *jaxukava*, contemporaneamente conhecidos como *Guarani Mbya*. No acervo de fontes inesgotáveis de sabedorias que brotam sucessiva e simultaneamente em várias partes de *Yvyrupa* e que jamais serão totalmente capturáveis, cosmologia, ciência, ética e percepção se interagem e fornecem os fundamentos para a expressão verbal do pensamento guarani.

A meu ver, o ineditismo deste lindo trabalho está na dedicação do autor, Verá Tupã Popygua, também conhecido como Timóteo — nome adotado para ser identificado no mundo não indígena —, à elaboração de uma versão escrita de parte da sofisticada literatura oral do povo Guarani.

Pesquisador atento, ele não se satisfez em transcrever as falas inspiradas dos profetas ou em reproduzir aquelas traduzidas em obras literárias e etnográficas de autores como León Cadogan, nas quais identificou as palavras escutadas em *Yvy mbyte*, no centro da terra, e em *Yvy apy*, na ponta da terra, nas aldeias situadas na costa atlântica.

Verá traz para a linguagem escrita seu próprio diálogo com a bibliografia existente e as belas palavras que escutou dos *xeramõ'i*, ao longo da vida, convertendo-o num texto original.

Pode-se dizer que, em sua saga de escritor, Timóteo Verá trilhou o caminho das pedras. Superou dificuldades e obstáculos, e encorajou-se para atingir um público de leitores que contempla também os leigos acerca da cosmologia e da cosmografia guarani. Com profundidade e leveza, transpôs os muros do indecifrável das palavras proferidas pelos sábios, transformando-as em narrativa escrita. O acerto no uso do vocabulário em português, que possibilitou elucidar concepções e expressões muitas vezes intraduzíveis, revela a pesquisa apurada do autor em busca de recursos semânticos que propiciem aos não indígenas (*jurua, etava'e kuery*),[1] O acesso aos princípios da origem do mundo e da sociedade Guarani Mbya.

Neste livro, entrevemos também a intenção de Verá Popygua em mostrar como e por que os Guarani continuam cuidando de *Yvyrupa*, a plataforma terrestre sobre a qual Nhamandu edificou o mundo para ser povoado, percorrido e compartilhado pelos Guarani. E é dessa forma que, em suas próprias palavras, Verá exprime o sentido do pertencimento à terra que lhes pertence. Terra concebida e percebida a partir de um tempo primordial que se eterniza, pois se atualiza com a renovação dos ciclos da vida. Brinda-nos assim, ao revelar como vivem sua cosmologia aqueles que continuam a ser *Nhande'i va'e*, os filhos de Nhamandu. No suporte da palavra escrita, construindo

---

1. *Jurua* significa literalmente *boca com cabelo* (*juru*, boca; *a*, cabelo) em referência à barba e ao bigode dos europeus à época da conquista. *Etava'e kuery* significa *aqueles que são muitos no mundo*.

pontes entre significados, o autor revela sua expertise em desvendar o mundo a partir da cosmologia guarani. Mundo ao qual também pertencemos por compartilhar, embora de forma desigual, um mesmo território.

Quem dera, chegue o tempo em que *etava'e kuery* possam ser dignos de reverter o quadro de extermínios e destruições promovidos durante séculos e passar a figurar como aliados na conservação da terra em que pisamos. *Ha'evete!*

«Ara Ymã»
Tempos primordiais

*Nos primórdios não havia nada,
era um lugar sombrio.
Havia somente o oceano primitivo,
lava.
Não havia vidas sequer.*

*Ainda não existia a Terra,
nem o sol,
nem a lua,
nem as estrelas.*

Permanece a noite originária.

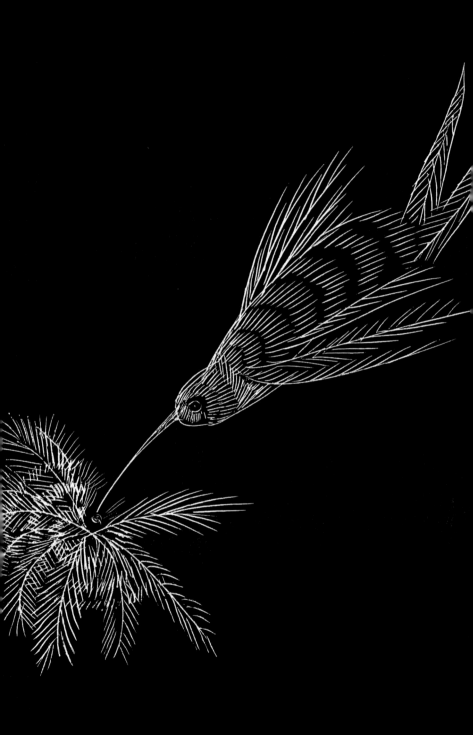

Nhanderu nhamandu tenondegua

Nhamandu, nosso primeiro pai

Uma luz infinita
surge.
Através da noite originária,
surge
Nhamandu Tenondegua,
nosso primeiro pai divino,
com sabedoria infinita
e com amor infinito.

Nhamandu gerou *apyka,*
assento divino.
Nele surge o cocar divino de plumas,
enfeitado com orvalho de flores:
jeguaka poty yxapy rexa.

Por entre as plumagens de flores,
maino,
o pássaro primitivo,
o colibri,
voa no meio da noite originária.

Uma luz infinita vem da sabedoria divina e do amor infinito de *Nhamandu*.

Enquanto *Nhamandu*, o primeiro pai divino, *onhembojera*, se desdobrava na noite originária, ele ainda não sabia como seria o futuro do universo e do firmamento e onde seria sua futura morada celeste. Enquanto isso, o colibri, o pássaro primitivo oferecia o néctar do orvalho das flores para alimentar o seu criador *Nhamandu*.

Nosso pai *Nhamandu* ainda não havia gerado a Terra. Mesmo não havendo sol, *Nhamandu*, o detentor da aurora, iluminava a noite originária com a luz do seu próprio coração. Com sua sabedoria divina, o verdadeiro pai *Nhamandu* vivia no meio do vento originário e descansava. Enquanto isso, fazendo a escuridão, *urukure'a*, a coruja, dá origem ao crepúsculo e à noite.

Nosso pai verdadeiro, *Nhamandu*, ainda não havia criado sua morada celeste e também ainda não havia criado a primeira Terra, *Yvy tenonde*. Vivia no meio do vento originário, *Yvytu yma'ĩ*. Nesse lugar, nosso pai ficou durante o seu desdobramento.

Da sabedoria de *Nhamandu*, da sua chama e da sua neblina divina, nascem as belas palavras, *ayu rapyta*. Ele é o dono da palavra. Ainda não existe a Terra, nem mesmo todas as coisas que vão se reproduzir no mundo. Todavia, permanece a noite primitiva.

Depois de ter criado a origem das belas palavras, *Nhamandu* criou a fonte do amor infinito e *mborai*, o canto sagrado. A Terra ainda não existe, permanece a noite primitiva.

Nhamandu, depois de ter criado as três origens divinas – *ayu porã rapyta*, a origem das belas palavras, *mborai*, o canto divino, *mborayu miri*, o amor infinito, gerou aqueles com quem iria dividir estas três fontes divinas de sabedoria infinita.

Nhamandu ombojera gua'y marã e'yrã

Nhamandu concebe seus filhos para a eternidade

Através de seu poder e sabedoria divina, Nhamandu concebeu seu filho de coração grande, *Nhamandu py'aguaxu*, *Kuaray*, o Sol, com seu grande poder de iluminação, para ser o pai dos espíritos, dos *nhẽe*, de seus filhos e filhas, *jeguakava* e *jaxukava porãgue'i*, que irão nascer na Terra de *Nhamandu*.

Nhamandu Tenondegua, com sua sabedoria divina, gerou também os seus filhos guardiões das fontes divinas: *Jakaira ru eterã*, o futuro pai da neblina; *Karai ru eterã*, o futuro pai das chamas; *Tupã ru eterã*, o futuro pai do trovão, do vento e da brisa.

Em seguida, *Nhamandu Tenonde*, com o amor infinito e sabedoria divina, criou *Nhamandu py'aguaxu xy eterã*, aquela que seria a mãe divina de *Kuaray*, o Sol, concedendo-lhe o mesmo poder divino e a sabedoria infinita.

Jakaira ru eterã, pai da neblina, com o amor infinito e a sabedoria divina que recebeu de seu pai *Nhamandu Tenondegua*, criou *Jakaira xy eterã*, a futura mãe divina dos filhos da neblina, concedendo-lhe o mesmo poder divino e a sabedoria infinita.

Karai ru eterã, pai da chama, com o amor infinito e a sabedoria divina que recebeu de seu pai *Nhamandu Tenondegua*, criou *Karai xy eterã*, a futura mãe divina dos filhos da chama, concedendo-lhe o mesmo poder divino e sabedoria infinita.

Tupã ru eterã, pai do trovão, das chuvas e do vento, com o amor infinito e a sabedoria divina que recebeu de seu pai *Nhamandu Tenondegua*, criou *Tupã xy eterã*, a futura mãe divina dos filhos do trovão, das chuvas e do vento, concedendo-lhe o amor e a sabedoria infinita.

Nhamandu Tenondegua, depois de dividir a sabedoria das origens do amor, *mborayu*, do canto sagrado, *mborai*, e das belas palavras, *ayu porã*, consagra os seus filhos como guardiões das fontes divinas. Ainda não existia a Terra, permanece a noite primitiva.

Antes de criar *Yvy*, Terra, *Nhamandu* criou a morada celeste com seis firmamentos. Quatro pertencem aos seus filhos — *Kuaray*, *Jakaira*, *Karai*, *Tupã*. Apesar de possuírem poder divino, eles nada farão sem o aconselhamento de seu pai *Nhamandu Tenondegua*. Restaram dois firmamentos. Um deles ficou com *Takua ru ete*, pai da purificação dos espíritos, dos *nhẽe*. O outro pertence à *Nhamandu ruete tenondegua*. É onde fica o assento divino, *apyka*, com *jeguaka poty yxapy rexa*, um cocar de plumagens enfeitado com orvalho de flores, que surgiu no meio da noite originária. *Mainomby*, colibri, o pássaro originário, também está no último firmamento com seu criador, *Nhamandu Tenondegua*.

A língua dos *jeguakava* e *jaxukava porãgue'i* nasce de *ayu porã rapyta*, a origem das belas palavras.

Yvy tenonde
Primeira Terra

Nhamandu Tenondegua criou *Yvy tenonde*, a primeira Terra. Através de sua sabedoria divina, gerou *teĩnhirui pindovy*, cinco palmeiras azuis. A primeira, no futuro centro da Terra, *Yvy mbyterã*. A segunda, na morada de *Karai*, pai da chama. A terceira, na morada de *Tupã*, pai do ar fresco e do trovão. A quarta, na origem do vento bom, *Yvytu porã*, no tempo novo, *Ara pyau*. A quinta, na origem do vento frio, *Yvytu ro'y*, no tempo originário, *Ara ymã*. Assim, *Nhamandu Tenondegua* criou *teĩnhirui pindovy*, cinco palmeiras azuis.

Logo depois, da ponta de seu *popygua*, bastão insígnia, uma pequena porção de Terra se estendeu em cima do oceano primitivo. Então *Nhamandu Tenondegua*, pela primeira vez, desceu de seu *apyka*, assento, e pôs seus pés nessa porção redonda de Terra. Ainda não existia a Terra em sua totalidade. Ele caminhava e olhava para todos os lados. Não via nenhum ser vivo, mas, de repente, avistou brotando, no centro dessa superfície, uma pequena árvore, *Nhẽrumi mirim*, que se ampliaria em floresta.

Além de *Nhẽrumi mirim*, viu surgir um pequeno tatu, cavando a Terra, o primeiro entre os animais silvestres que povoariam as matas. Viu também, voando entres os galhos, *Tukanju'i*, o pequeno passarinho primitivo, o primeiro pássaro que surgiu na extensão da Terra. Viu a pequena serpente primitiva, *Mboi ymãi*, que descansava entre as raízes de *Nhẽrumi mirim*, o primeiro de todos os répteis que existiriam no mundo...

Assim, esses seres primitivos já anunciavam a diversidade biológica existente no planeta.

Nhamandu Tenondegua deu nome a esse espaço sagrado de *Yvy mbyte*, centro da Terra. Depois, com sabedoria divina, na ponta de seu *popygua*, bastão insígnia, a Terra foi se movendo *mboapy ára*, durante três dias. Seus quatros filhos, cada um com seu poder divino, observavam e auxiliavam seu pai, *Nhamandu Tenondegua*, na criação de sua primeira morada terrestre. Quando terminou de gerar a Terra, estendeu-se a floresta, *ka'a*. O primeiro grito de agradecimento foi o de *Nhakyrã pytãi*, cigarra vermelha.

O primeiro animal que andou e rastejou na Terra de *Nhamandu Tenondegua* foi *Mboi ymãi*, uma pequena cobra que havia surgido em *Yvy mbyte*, centro da Terra.

Nas florestas não havia rios nem nascentes, então *Nhamandu Tenondegua*, com sua sabedoria divina, criou o protetor das águas, *Yamã*, girino, que fez *mboapy meme* para *rakã apy*, as seis maiores nascentes e seus afluentes, que se desdobrariam em milhares de vertentes.

Depois que criou *Yamã*, o protetor das nascentes, *Nhamandu Tenondegua* viu que havia florestas, mas não planície ou campos naturais. Então criou *Tuku ovy*, gafanhoto azul, para ele pôr seus ovos no chão e fazer brotar os grandes campos e planícies. O primeiro que cantou em agradecimento, no meio da planície, foi *Ynambu pytã*, nambu vermelho.

Quem fez o primeiro buraco, uma toca para criar filhotes na Terra de *Nhamandu Tenondegua*, foi *xĩguyre*, tatu, e seus filhotes se espalharam por vários lugares do mundo.

Depois de ter criado tudo, *Nhamandu* terminou seu trabalho, *Yvyrupa*, a Terra. Com sua sabedoria divina, subiu até *Oyva ropy*, seu firmamento, para poder descansar e cuidar de suas criações.

Nhamandu ombojera gua'y marã e'yrã

Filhos de Nhanderu geram seus filhos de coração grande, os guardiões divinos

Depois de subir ao seu firmamento, *Nhamandu Tenondegua* chamou os seus quatros filhos e disse: "Todos vocês têm o que eu tenho: poderes gerados da sabedoria divina e do amor infinito que atribuí a vocês, no meio da noite originária. A partir de agora, vocês criarão os guardiões para proteger as fontes divinas: as fontes da chama, da neblina, do trovão e do Sol. Nenhum mal deverá se aproximar para afetar as origens dessas fontes divinas".

Nhamandu Tenondegua disse para os seus filhos criarem seus próprios filhos na Terra, antes de subirem aos seus firmamentos.

Jakaira, pai da neblina, também criou um casal, ao qual deu sabedoria espiritual e *mborai*, canto sagrado, dando assim força e coragem para florescer na Terra de *Nhamandu Tenondegua* e conceber muitos filhos destinados a manter a sabedoria transmitida por *Jakaira ru ete*. Também deu *ayu porã*, belas palavras, e *petỹgua*, cachimbo que recebe as emanações de *ayu porã*.

Karai, pai da chama, criou o primeiro casal com sabedoria espiritual e *mborai*, canto sagrado, dando assim força e coragem para florescer na Terra de *Nhamandu Tenondegua* e conceber muitos filhos destinados a manter a sabedoria espiritual transmitida por *Karai ru ete*.

Tupã, pai do trovão, também criou um casal, ao qual deu sabedoria espiritual e *mborai*, canto sagrado, dando assim força e coragem florescer na Terra de *Nhamandu Tenondegua* e conceber muitos filhos destinados a manter a sabedoria espiritual transmitida por *Tupã ru ete*. Também deu *jerojy*, dança ritual, e *mbaraete*, força física e mental.

Nhamandu py'aguaxu, Kuaray, também criou um casal, ao qual deu a sabedoria espiritual e *mborai*, canto sagrado, dando assim força e coragem para florescer na Terra de *Nhamandu Tenondegua* e conceber muitos filhos destinados a manter a sabedoria espiritual transmitida por *Kuaray ru ete*. Também deu um coração calmo e *Opy*, casa de rituais, para fortalecer os espíritos de todos os *jeguakava* e *jaxukava* na Terra.

Assim, todos que foram criados pelos pais divinos formaram em *Yvy mbyte*, no centro da Terra, um grande *tekoa*, um lugar para *Nhande'i va'e* viver de acordo com as orientações de *Nhamandu Tenondegua*.

Jeguakava e *jaxukava* se orientam pelo ciclo da vida das criações de *Nhamandu Tenondegua*. *Ara ymã*, tempo originário, sempre ressurge anunciando a chegada do frio e do recolhimento. Quando termina o tempo originário, *tajy poty*, ipê amarelo, floresce, e a chegada dos ventos bons inicia *Ara pyau*, tempo novo, tempo da renovação, tempo das chuvas e do calor.

Yvy mbyte
Centro da Terra

Yvy mbyte é um lugar sagrado para os *jeguakava* e *jaxukava* originários. Eles descobriram, através da sabedoria espiritual, que ali, debaixo da Terra, havia *Yy rupa marãe'y*, lagos de águas eternas, que foram deixadas por *Nhamandu Tenondegua* quando, da ponta de seu *popygua*, bastão insígnia, originou a primeira superfície terrestre. Era oca, e dentro dela nasceu uma grande água subterrânea, nomeada pelos não indígenas de Aquífero Guarani, berçário dos *jeguakava* e *jaxukava* originários, atualmente conhecidos pelos *jurua*, não indígenas, como Guarani.

Jeguakava e *jaxukava* originários se orientavam pelo brilho dos lagos das águas eternas e, com sua sabedoria espiritual, enxergavam todas as extremidades de *Yvyrupa*, e descobriram que a Terra era redonda e que havia um grande mar salgado, *Para guaxu*. E distinguiram cinco direções:

1. *Yvy mbyte*, o centro da Terra
2. *Ka'arua*, onde o sol se põe
3. *Tenonde*, onde o sol nasce
4. *Yvytu katu*, onde se originam os ventos bons
5. *Yvytu yma*, lugar dos ventos originários, frio

Essas cinco direções iriam orientar nossos movimentos em *Yvyrupa*, no espaço terrestre.

«Oguata porã»
Desde o início do mundo

Ka'arua
Onde o sol se põe

Através da iluminação dos *Nhẽe ru ete — Nhamandu Tenondegua, Kuaray, Karai, Jakaira, Tupã —, ore retarã ypykuery*, nossos antigos parentes, iniciaram a caminhada já sabendo o que iriam encontrar pela frente. Saíram de *Yvy mbyte*, centro da Terra, e caminharam em direção ao sol poente para chegar à margem do mar.

Eles descobriram pela frente muitas montanhas, *yvyty*, de difícil acesso, lugares íngremes aos quais deram o nome *Ytajekupe*, Cordilheira dos Andes, muralha de pedras.

Os tempos passaram, e eles chegaram a outro lugar, e descobriram que ali tinha sal e chamaram de *Yvyjuky*, Terra feita de sal. *Ore retarã ypykuery*, nossos antigos parentes, não permaneceram ali porque não era bom para o plantio, nem mesmo bom para formar o *tekoa*, e continuaram a caminhar. Em cada lugar que chegavam davam um nome.

Após terem encontrado a Terra feita de sal, os tempos passaram. A caminhada continuou, até que chegaram a um lugar diferente... Uns vastos espaços abertos, totalmente brancos, e os antigos se perguntaram: "O que é aquilo?". Pegaram a Terra branca com as mãos e disseram o nome: "*yvyku'ixĩrenda*, morada de Terra branca, morada de *ytaku'i*, areia".

Após terem encontrado *yvy ku'ixĩrenda*, a morada de Terra branca, os tempos se passaram. A caminhada continuou, até que chegou a um lugar onde encontraram *tataryku*, fogo líquido, que havia sido deixado ali por *Nhamandu Tenondegua* quando criou a Terra. Ao chegar, *ore retarã ypykuery*, nossos antigos parentes, viram que também lá era impossível permanecer ou formar o *tekoa*, pois era um lugar muito quente, onde havia montanhas que soltavam *tataryku*, lavas de vulcão. Observaram de perto o que tinha ali e decidiram deixar o lugar porque ali mora o espírito do fogo.

Partiram dali e, muito tempo depois, através de sabedoria espiritual, *ore retarã ypykuery*, nossos antigos parentes, continuaram a caminhada. Por fim, chegaram à margem do mar e descobriram que lá sopravam ventos muitos frios e que havia montanhas de gelo e a água era realmente salgada, e que muitos animais marinhos e aves já habitavam ali. Então, chamaram o lugar de *mymba retã, ypo, guyra*, morada de animais e aves marinhas.

Finalmente chegaram ao lugar do sol poente, consagraram o lugar onde pisaram e encontraram a beira do Mar. A este lugar deram o nome de *Para yvytu ro'y*, porque *Para* é "oceano", *yvytu* é "vento", *ro'y* é "frio". É *Yro'y rapyta*, a origem do frio, o Oceano Pacífico.

Depois de descobrirem este lugar, os tempos passaram. Depois de muito *mborai*, canto ritual, *xeramõi* e *xejaryi*, nossos antigos avôs e avós, tiveram uma revelação de *Nhanderu* sobre *yvy porã*, Terra boa e fértil. *Xeramõi kuéry* reuniram, então, todos os *jeguakava jaxukava porãgue'i* na grande *Opyre*, casa de rituais.

Tenondere
À nossa frente, onde nasce o sol

Xeramõi convoca a todos para continuarem a caminhada para alcançar *Tenondere*, onde nasce o sol, em *Yy ramõi*, chamado também de *Para guaxu*, o grande mar, o Oceano Atlântico. Para realizarem essa caminhada, *ore retarã ypykuery*, nossos parentes originários, levavam com eles suas variedades de plantas originais, que foram colocadas por *Nhanderu Tenondegua* em *Yvy mbyte: jety mirĩi*, batata doce original, *avaxi ete'i*, milho verdadeiro, *manduvi mirĩi*, amendoim original, *mandyju mirĩi*, algodão original, *mandi'o mirĩi*, espécie de mandioca, *ya para'i*, melancia, *petỹ*, fumo, *ka'a*, erva-mate, e muitas outras plantas. Levavam em forma de alimentos e de sementes.

Para chegar à margem do mar, *Yvy apy*, ponta da Terra, andaram primeiramente na direção de *Yvytu ymã*, lugar dos ventos originários. Passaram por vários *nhuũ upa*, campos, *kurity*, pinheirais de araucária, *ka'aguy karape*, matas baixas, encontraram *guavira mirĩ*, gabiroba do campo, e muitas plantas que já conheciam. *Nhanderu* indicava os lugares onde deveriam parar e cultivar as sementes e os frutos trazidos para se reproduzirem em todos os cantos de *Yvyrupa*, a Terra criada por ele.

Durante a caminhada *Nhanderu* revelava onde poderiam encontrar *takua*, taquara, *pekuru*, tipo de bambu, *takuaruxu*, tipo de bambu liso, *takuarembo*, e outras espécies de *takuara*. Revelava também onde encontrar *guembe*, araçá mirim, pequena goiaba do brejo, *pakuri* e *ka'aguy poty*, plantas medicinais, em toda a extensão da Terra criada por *Nhamandu Tenondegua*.

Seguiam às margens de vários *yakã*, rios, que nomearam *Yguaxu*, Iguaçu, *Parana*, Paraná, *Paraygua*, Paraguai e *Uruguay*, Uruguai, que deságua no mar, e também deram nomes a muitos *pararakã*, ramos dos grandes rios, afluentes.

E encontraram *Yyupa*, grande poça de água, Lagoa dos Patos. Em cada lugar que chegavam, através da sabedoria espiritual, verificavam que existiam *yvyra*, árvores e plantas semelhantes ou idênticas, como também eram idênticos *mba'emo ka'aguy regua*, os animais silvestres, e *guyra*, as aves. Descobriram as várias plantas medicinais, árvores frutíferas e várias espécies de animais deixados por *Nhamandu Tenonde*.

Seguindo o rumo de *Kuaray*, sol, chegaram em *Yta jekupe*, contenção do mar, *ka'aguy yvyty regua*, Serra do Mar, um lugar quente e muito exuberante, com muitos animais. Até que finalmente chegam a *Para rembe*, à margem do mar, *Tenondere*, lugar onde nasce o sol.

Para *ore retarã ypykuery*, nossos parentes originários, chegar à beira do Oceano Atlântico era a grande esperança, porque *Nhanderu* havia revelado que ali era *Yvy porã*, Terra boa e aconchegante. Este lugar, em *Tenondere*, onde o sol nasce, chamamos de *Para guaxu rembe*, porque *Para* é "oceano", *guaxu* é "grande" e *rembe* é "margem". Assim como *Yvy mbyte*, o centro da Terra, *Ka'arua*, o lugar onde o sol se põe, *Yvytu ymã*, o lugar dos ventos originários, frios, e *Yvytu katu*, o lugar onde se originam os ventos bons, *Para guaxu rembe* também é de muita inspiração para nos fortalecermos espiritualmente, para formar *tekoa*, onde acontece nosso modo de vida, para viver o *nhandereko*, nosso modo de ser, para ter *yvy poty aguyje*, agricultura e plantio com abundância, e para *oupyty aguã Nhanderu arandu*, para alcançar a sabedoria divina, a morada dos *Nhanderu*.

Ore retarã ypykuery, nossos parentes originários, através da sabedoria espiritual e da revelação de *Nhanderu*, andaram pela beirada do Mar. Onde ficavam, formavam *tekoa* e davam nomes aos lugares, como: *Para ja'o rakã*, ilhas, *Yyguaa py*, encontro de rio com o mar, Iguape, *Para pyxi rakã*, mangue, *Paranapuã*, ondas do Mar.

Os tempos se passaram e *jeguakava* e *jaxukava porãgue'i* continuaram a realizar suas longas caminhadas, levando, trazendo e plantando diversas sementes e criações de *Nhanderu* para povoar *Yvy mbyte* e *Para guaxu rembe*: *yvapuru*, jabuticaba, *kuri*, araucária, *Ka'a mirĩ*, erva-mate, e também urtigas, medicinais, diversas palmeiras, *ximbo*, tipo de cipó, entre outras plantas usadas como alimento e remédio.

E assim adquiriam e transmitiram aos seus descendentes uma vasta sabedoria milenar sobre as florestas que formam a Mata Atlântica para enriquecer *Yvyrupa*, nosso território tradicional.

«Tataypy Rupa»
Lugares renascentes em Yvyrupa

Nós, Nhande'i va'e, *conhecidos atualmente como* Guarani Mbya, *sabemos, há milhares de anos, que a Terra em que vivemos é redonda. Nessa Terra, famílias inteiras, mulheres, homens e crianças, seguindo a orientação de* Nhanderu tenonde, *continuam caminhando, às vezes durante meses, anos e até mesmo décadas, para povoar, ocupar, cuidar e renovar* Yvyrupa.

Nós, Mbya, *desde o surgimento, sempre ocupamos as regiões de Mata Atlântica, formando vários* tapyi, *ou* tekoa, *lugares onde acontece nosso próprio modo de vida.*

Yakã ryapy
Nascentes de águas

Nhamandu Tenonde criou as seis maiores nascentes de água. Estes rios possuem riqueza abundante de peixes para os povos da Terra viverem e extraírem seus alimentos. Desses rios, três são muito importantes para os *Mbya*, o rio Paraná, o rio Uruguai e também o rio Iguaçu, onde ainda hoje existem, em suas proximidades, centenas de aldeias.

A Mata Atlântica é um lugar quente, onde não há geada, que fica ao redor e à beira do mar. Por essa peculiaridade, os *Guarani Mbya* deram o nome de *Yvy apy*. A Serra do Mar é chamada de *Jekupe*, costas do mar, por ser a faixa litorânea de montanhas que é uma contenção do mar e por preservar a vida neste território, sendo muito importante espiritualmente para o povo Guarani. Em seu interior existe uma abundância de espécies de animais silvestres e plantas medicinais endêmicas.

Os rios são sagrados e têm vida em constante movimento para purificar os seres vivos aquáticos e toda a natureza que existe em suas margens.

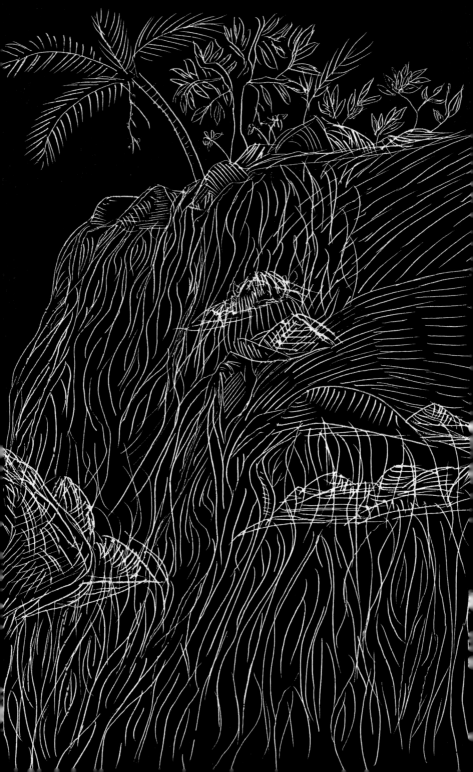

Minha vida nesta Terra

Meu nome em guarani é *Verá Xunu Popygua*. Nasci em 1969, em *Yvy mbyte*, hoje conhecida como Tríplice Fronteira. Passei os primeiros anos da minha infância na aldeia *Tamanduá* na província de *Misiones*, Argentina. Quando eu tinha sete anos de idade, meu pai voltou para sua aldeia de origem, no sul do Brasil (Palmeirinha, PR), onde faleceu. Anos mais tarde, enquanto *Guarani Mbya*, tive curiosidade de conhecer todas as regiões da Mata Atlântica. Quando eu tinha doze anos, fiz uma viagem a pé, uma caminhada de trinta dias, para chegar na aldeia Morro da Saudade, atual *Ti Tenonde Porã*, em São Paulo, Brasil. Nesta aldeia convivi com o *xeramõi Karai Poty*, José Fernandes. Era o ano de 1984 e, neste momento, conheci também a luta pela Terra.

Nhanderu criou a Terra para que possamos todos viver nela. Apesar de os Guarani viverem na amplidão e sem fronteiras, desde os anos 1970, muito tempo depois do desaparecimento das bandeiras e dos bandeirantes, no estado de São Paulo, onde cresci, os *Guarani Mbya* se viram novamente obrigados a lutar pela defesa de seu território e pelo reconhecimento de suas Terras, visando à demarcação das aldeias.

Nesse período, as lideranças *guarani mbya* do movimento pela Terra no estado de São Paulo, onde vivo até hoje, foram os caciques José Fernandes, Nivaldo Martins da Silva (aldeia Morro da Saudade – São Paulo), Altino dos Santos (aldeia Boa Vista, Ubatuba), Antônio Branco (aldeia Serra dos Itatins, Itariri), Jejoko Samuel Bento dos Santos (aldeia Ribeirão Silveira, São Sebastião). Entre os jovens aprendizes desse movimento, estávamos eu e Marcos do Santo Tupã, filho de Altino dos Santos.

Aos poucos, fui assimilando que a luta pela Terra tinha um grande significado: garantir futuro para as crianças e afirmar a autodeterminação de nosso povo. E compreendi que essa luta não era apenas no Estado de São Paulo, mas em toda extensão de *Yvyrupa*, o Território Guarani sem fronteiras.

Casei-me com Florinda Martins da Silva, *Ara Yxapya Yvoty Mirim*. Tornei-me cacique da Terra indígena *Tenonde Porã*, em 3 de março de 2003, a mesma aldeia em que cheguei em 1984. Na aldeia vizinha, *Krukutu*, Marcos do Santos Tupã também se tornou cacique. Juntos, assumimos a continuação da luta pelas Terras *Guarani Mbya*.

Comissão Guarani Yvyrupa

O tempo se passou e eu, que cresci na luta pela terra para meu povo, fiz amizade com os demais líderes Guarani, caciques e *xeramõi kuery*. Juntos, decidimos criar uma organização Guarani que promovesse uma ampla discussão sobre os lugares para vivermos e mantermos a nossa cultura milenar, fazendo valer os direitos conquistados na Constituição Nacional.

A Comissão Guarani *Yvyrupa* nasceu para representar o povo Guarani no Sul e no Sudeste do Brasil e, também, para fortalecer os contatos com as lideranças guarani que vivem nos países que compõem o Mercosul com o objetivo de lutar pelo reconhecimento das Terras ocupadas pelo nosso povo e, principalmente, de garantir a demarcação e a regularização fundiária das nossas Terras ancestrais. Além disso, nós nos unimos para lutar por saúde, educação e o fortalecimento de nossa cultura.

Temos respaldo constitucional, através do artigo 231, para exigir a demarcação das Terras indígenas e a garantia do usufruto exclusivo das Terras tradicionalmente ocupadas pelos povos indígenas. Até hoje, porém, a grande maioria de nossas Terras não foram reconhecidas nem demarcadas.

Nossa luta é contra grandes obras governamentais e privadas, que têm um enorme poder de destruição do meio ambiente. Sabemos que a Mata Atlântica está ameaçada (restam menos de 7 % de sua cobertura original) e, com ela, nossas Terras e modo de viver. A natureza é o começo, o meio e o fim. Sabemos que nossa luta vai ficando cada vez mais difícil, mas temos esperança de que o Estado brasileiro possa, de fato, executar o que está escrito na Carta Magna do país: a demarcação de nossas Terras. Nutrimos essa esperança pela vida de nosso povo, das nossas crianças e dos *xeramõi kuery* e *xejaryi kuery*.

Poesia e pensamento sobre o futuro da Terra

O nosso planeta é um grande jardim de *Nhanderu*. Devemos cuidar dele, não o destruir, para que nosso futuro possa ser maravilhoso, sem preconceitos, sem covardia, somente amor e fraternidade. *Nhanderu* criou o grande *tekoa* onde acontece nosso modo de vida humana.

Vidas têm essência, palavras têm donos, e devemos ser solidários uns com os outros. Assim podemos viver plenamente no jardim de *Nhanderu*, pois somos simplesmente transitórios. Precisamos deixar esse legado aos nossos filhos e netos, para que seja o mundo cheio de paz e harmonia entres todos os povos.

Os *Guarani Mbya* descobriram este lugar há milhares de anos atrás. Todo este território pertence ao povo *Guarani Mbya*. Nossa cosmovisão reafirma esse fato. Portanto, queremos que nosso direito de ser e de viver nesta Terra, de acordo com nossos costumes, princípios e tradições seja respeitado pela sociedade não indígena.

Aguyjevete,
TIMÓTEO DA SILVA VERÁ
TUPÃ POPYGUA

Posfácio
A tradução do espírito

ANITA EKMAN

> O Guarani busca a perfeição de seu ser na perfeição do seu dizer. Nós somos a história de nossas palavras. Tu és tua palavra, eu sou nossas palavras. Che ko ñandeva. Potencialmente, cada Guarani é um profeta – e um poeta, segundo o grau que alcance sua experiência religiosa.
>
> BARTOLOMEU MELIÀ,
> *Outra palavra é possível*

Espirito e *palavra* são sinônimos na língua Guarani Mbya. *Nhẽe* significa ao mesmo tempo "falar", "vozes", "alma". *Nhẽe porã*, as "boas palavras" ou o "espírito bom". Traduzir o *espírito* em palavras é um desafio comum ao poeta.

Porém, para um Guarani, a tradução de suas *palavras-alma* para a língua portuguesa é um desafio que transcende o literário; é em si um ato político.

Foi o sonho de mobilizar os *Guarani Mbya* para além das fronteiras que lhes foram impostas o que me aproximou de Timóteo Verá Tupã Popygua há mais de uma década. Juntos, visitamos inúmeras *tekoas* na América do Sul e criamos com Marcos dos Santos Tupã e Yanina Otsuka Stasevskas um projeto em comum, batizado por Timóteo de *Projeto Yvy rupa*.

A transcrição do que foi dito na reunião de fundação desse projeto, realizada na aldeia *Tekoa Tenonde Porã*, em São Paulo, no dia 27 de julho de 2005, diz muito sobre este livro, publicado depois de 12 anos do passo inicial dessa caminhada conjunta por *Yvyrupa*:

Nossa concepção indígena, principalmente Guarani, é... viver com amplitude, espaço, não ter a fronteira, não ter divisão geográfica... isso não existia antes... mas, quando os *Jurua* chegaram, separaram. Por exemplo, hoje, por exemplo, tem Brasil, Argentina, Paraguai, Uruguai e Bolívia onde vivem os Guarani, mas pro Guarani, ainda não existe fronteira... por exemplo, se você pegar um mapa e colocá-lo aqui, vai enxergar um linha que divide. É uma linha imaginária. De fato, se a gente olha no chão, ela não existe...

Antigamente, o Guarani ocupava imenso território... tinha essa ocupação... consideram os Guarani um povo nômade... quer dizer, um povo que não para. O pessoal Guarani vivia... assim livre... como os pássaros, como os rios... e ele tinha território imenso em torno.

Temos que criar caminhos, sempre falo para os jovens, porque eles são o futuro... eles sabem que têm que estar preocupados, infelizmente, eles têm que caminhar por dois caminhos diferentes... estar na escola, estar estudando, tendo disciplina, geografia, matemática, história... mas, por mais que eles entendam isso, eles têm que ter o conhecimento da essência, da sua raiz, de sua origem...

Nós temos uma história contada completamente diferente da dos brancos... nós temos uma geografia nossa, até a formação do universo, a formação do mundo... dos Guarani é completamente diferente da dos homens brancos... porque existem várias teorias... Por que tem várias teorias? Porque somos seres humanos... somos mortais... jamais chegaremos à conclusão... o Guarani tem força da memória, para ele extrair sua sabedoria, seu conhecimento, ele tem que buscar isso na essência, tem que buscar força cósmica para ele ter essência...

Sempre falo isso, cada um de nós tem mensagens dentro de nós para passar para os próximos, cada um de nós... é microcosmos.

Eu entendo assim, que cada um de nós é um mundo, somos um mundo... um pequeno mundo... você, ele, ela, eu... todo mundo, e muitas vezes também o que não é gente... me refiro à planta, por exemplo, uma planta medicinal que está ali... mas, é um mundo também... é um mundo que está ali, mas ela tem a capacidade de curar, ela tem a capacidade de passar esta mensagem para o ser humano... Mas você tem que saber preparar... estar ciente... nós consideramos isso... e eu penso que jamais o Guarani perca isso... esse conhecimento que é rico.

Sempre falo isso, que o Guarani seja Guarani sempre... daqui cem anos, duzentos anos... por isso temos que preparar o alicerce, preparar espaço onde as crianças vão viver... por isso, eu também quero que a Argentina, Paraguai, Uruguai, os Guarani que vivem ali também tenham o mesmo pensamento.

Por exemplo, na nossa espiritualidade, os pajés... eles, através da força divina... a força da essência, através da cultura, da religião, eles têm contato entre eles em toda a terra. Então até hoje não tem essa fronteira, que jamais a fronteira vai dividir esse vínculo espiritual...

Então... sempre penso isso, que é criar essa política, para o Guarani não ter fronteiras... ir para Argentina, ter livre acesso... ir para o Paraguai, ir para Bolívia, Uruguai, então...

não somente o contato, mas sim reconstruir a força, né, que é a parte espiritual.

Não quero jamais que o conhecimento que temos se perca, desde Argentina, no Paraguai, no Brasil, o rico para nós não é ter dinheiro... rico para nós é ter sua sabedoria, conhecimento... é o dentro que é. Assim, o território, a terra, para nós, é rico. Riqueza para nós não é ter dinheiro, a riqueza para nós é vida, é ter saúde, é ter território, ter seu próprio território... é viver harmonia com a natureza, pois ela é o principio e o fim, isso é riqueza... por isso, eu quero unir nosso povo com toda sua sabedoria na *Yvyrupa*, essa terra que é uma só e não tem fronteiras.[1]

Durante esse percurso, de 2005 a 2016, Timóteo Verá Popygua mudou de nome para Verá Tupã Popygua, e a semente presente no pensamento dos Mbya participantes do *Projeto Yvyrupa* enraizou-se no movimento nacional da Comissão Guarani Yvyrupa, que teve seu início entre os anos de 2002 e 2003 e foi fundado em 2006 com o apoio do Centro de Trabalho Indigenista (CTI). Através da fundamental ajuda de Karl Werner Pothmann, Gabriela Cardozo, Jorge Acosta e Antonio Morinigo — o sonho do *Projeto Yvyrupa* foi realizado. Em setembro de 2014 reuniram-se finalmente na aldeia *Tekoa Katupyry*, em Misiones, na Argentina, os líderes Mbya do Brasil, Paraguai e Argentina. Desse encontro nasceu a página virtual *guaranimbya.org*, destinada a conectar as aldeias na América do Sul e a construir, através de cartas-vídeos, um dicionário audiovisual Guarani. Na página é possível escutar Timóteo contando as histórias presentes neste livro em sua língua original.

Resultado de uma longa trajetória de amizade e companheirismo entre mim e Timóteo, este livro expressa já em seu livro, *A terra uma só*, a busca por dissolver, passo a passo, página a pá-

---

1. Transcrição da fala de Timóteo Verá Tupã Popygua feita por Anita Ekman, Kimy Otsuka Stasevskas e Yanina Otsuka Stasevskas. Primeira reunião do *Projeto Yvyrupa*, São Paulo–SP, Brasil, em 27 de julho de 2005.

gina, as muitas fronteiras — geográficas, culturais, linguísticas, políticas, entre outras — que separam os demais latino-americanos dos Guarani Mbya. Neste livro, testemunha-se, sobretudo, que os Guarani Mbya, além de serem guerreiros na luta pela defesa de seus territórios e pela conservação da Mata Atlântica, são também a memória viva do coração de nosso continente.

ILUSTRAÇÃO E REALIZAÇÃO DO LIVRO

Ipara em *guarani mbya* significa ao mesmo tempo "desenho" e "escrita". Embora os Guarani possuam um *sistema de notação visual* que permite registrar informações através de grafismos milenarmente reproduzidos em cerâmicas e cestos,[2] a sabedoria Guarani é fundamentalmente transmitida através da palavra: através dos cantos e pregarias proferidos na *Opy*, a casa de orações, pelos Xeramõ 'i kuery e Xejaryi Kuery, os avós sábios.

Para os *Mbya*, *a palavra falada* significa "oferecer o profundo que nasce na raiz do coração, entrega de amor que brota de um coração e caminha para o outro".[3] É através do discurso Guarani sobre o fundamento da linguagem humana, *Ayu porã rapyta*, que podemos entender como *amor* e *palavra* nascem de uma mesma origem divina e se expandem para formar a língua, o pensamento e a sabedoria Guarani.

As narrativas dos *Guarani Mbya* sobre a origem da terra, do ser humano, da linguagem humana e dos animais e plantas da Mata Atlântica foram documentadas e traduzidas pela primeira vez por León Cadogan em *Ayvú Rapyta: textos míticos de los*

---

2. Segundo o arqueólogo Francisco Noelli, em sua dissertação de mestrado "Sem *Tekohá* não ha *tekó*", os Guarani são considerados uma cultura prescritiva, pois mantêm há mais de três mil anos a mesma forma de fazer e decorar sua cerâmica, reproduzindo padrões gráficos que lhes conferem identidade. As ilustrações deste livro se baseiam em pesquisas sobre tais padrões.
3. Memória de palavras ditas a mim pelo *Mbya Guarani* Carlos Papa.

Mbyá-Guaraní del Guairá.[4] Nascido em *Asunción*, Paraguai, em 1898, de pai e mãe australianos, Cadogan dedicou-se por mais de 40 anos à defesa dos direitos dos *Guarani Mbya*, por quem foi apelidado de *Tupa Cuchuví Vevé*.

A CONSTRUÇÃO DA PUBLICAÇÃO

Ao longo de mais de uma década de amizade, Timóteo e eu conversamos sobre as histórias de seu povo na Yvyrupa. Foi em 2008, em uma dessas tardes regadas de mate, lendo e discutindo as traduções realizadas por Cadogan do *Avvy Rapta*, que Timóteo revelou seu desejo de escrever um livro. Inspirada pelos poéticos comentários de Timóteo, que comparava o material compilado e traduzido por Cadogan em espanhol com as histórias que havia escutado de seus avós e líderes espirituais, bem como movida pela necessidade de documentar e divulgar a luta pela Terra Guarani e a preservação da Mata Atlântica,[5] ocorreu-me a ideia de propôr a Luísa Valentini, organizadora da Coleção Mundo Indígena da Hedra, que Timóteo pudesse realizar seu sonho antigo e ser o porta-voz dos *Guarani Mbya* e contar diretamente em português, sem intermediário de um *jurua* (não indígena), sua versão do *Ayvú Rapyta* e a história de seu povo na *Yvyrupa*.

Enquanto organizadora, limitei-me a propor a Timóteo uma divisão em capítulos que ajudasse a nortear sua escrita. Com a primeira versão do texto pronta, eu, ele e Yanina Otsuka Stasevskas revisamos a ortografia e pensamos juntos como eu deveria criar as ilustrações para as principais passagens.

---

4. *Boletim 227, Antropología n. 5*, Faculdade de Filosofia Ciências e Letras da Universidade de São Paulo, 1959.
5. Em guarani, *Ka'a porã*.

Maria Inês Ladeira, antropóloga do CTI, ficou responsável por elaborar com Timóteo a versão final das narrativas tradicionais. Além disso, a pesquisadora também redigiu o texto que serve de apresentação ao livro.

Fregmonto Stokes me ajudou a criar o mapa do Território Guarani. E Renan Costa Lima criou o projeto gráfico.

Estou convencida de que, se coube a mim o desafio de organizar e, sobretudo, ilustrar a mitologia e a história dos *Guarani Mbya* — dando rosto a seus personagens —, isso aconteceu graças a todos os anos de convivência afetiva com meus amigos *Guarani Mbya* nas *tekoas* da Argentina e do Brasil. É com o coração crescido de amor e de entendimento em relação aos símbolos *Mbya* que procuro passar adiante os sinais de *Nhanderu*.

Gratidão eterna a ele e a todos, *Nhande'i va'e* e *Jurua*, que me deram luz e força para desenhar caminho. *Oguata Porã*.

NOTA EDITORIAL

A escrita Guarani ainda não tem uma convenção unanimemente aceita. Adotou-se aqui aquela que foi preferida pelo autor, Timóteo da Silva Verá Tupã Popygua. As palavras Guarani em maiúscula referem-se a nomes de divindades, pessoas e entidades. Os nomes próprios compostos levam maiúscula apenas na primeira palavra. São exceções a essa regra, em razão da importância de toda a expressão: *Nhamandu Tenondegua, Nhamandu Tenonde, Guarani Mbya*. Em português, também em razão da importância das palavras, sempre há maiúsculas na grafia de *Guarani* (que nunca aparece no plural) e *Terra*.

Glossário

Aguyje   Nossa plenitude de viver.
Aguyjevete   Saudações.
Apyka   Assento.
Ara pyau   Tempo novo, tempo da renovação, primavera, tempo das chuvas e do calor, tempo de plantio; o tempo em que Nhanderu Nhamandu se levantou.
Ara ymã   Tempo originário, que sempre ressurge e anuncia a chegada do frio e do recolhimento; tempo primordial de descanso de Nhanderu Nhamandu Tenondé em seu desdobramento, tempo-espaço, de março a setembro.
Avaxi ete'i   Milho verdadeiro.
Ayu porã rapyta   Origem das belas palavras.
Ayu porã   As belas palavras, palavras que animam.
Eterã   Complemento a outra palavra que indica o futuro.
Guarani Mbya   Coração bom, Guarani.
Guavira mirĩ   Gabiroba do campo.
Guembe   Araçá mirim, pequena goiaba do brejo.
Guyra   As aves.
Jakaira ru eterã   Pai da neblina.
Jakaira xy eterã   Mãe divina dos filhos da neblina.
Jaxukava porãgue'i   Espírito puro, feminino, puro como são as crianças.
Jeguaka poty yxapy rexa   Cocar, flor, orvalho, olho; o cocar de plumagens enfeitado com orvalho de flores, surgido no meio da noite originária.
Jeguakava e jaxukava porãgue'i   filhos e filhas dos Nhẽe, homens e mulheres, a humanidade.
Jerojy   Dança ritual.

Jety mirĩi Batata doce original.
Joguero guata porã Caminhada sagrada dos Guarani pelos caminhos revelados.
Jurua Não indígenas; literalmente "boca com cabelo" (*juru*, boca; *a*, cabelo), em referência à barba e ao bigode dos europeus à época da conquista.
Ka'a mirĩ Erva-mate.
Ka'a Floresta, mata.
Ka'aguy karape Matas baixas.
Ka'aguy yvyty regua Toda a região da Serra do Mar.
Ka'arua Onde o sol se põe; uma das cinco direções da Terra, Oeste.
Karai ru eterã Pai das chamas.
Karai xy eterã Mãe divina dos filhos da chama.
Kuaray O sol.
Kuri Araucária.
Kurity Pinheirais de araucária.
Maino ou mainomby Colibri, beija-flor, o pássaro originário.
Mandi'o mirĩi Espécie de mandioca.
Manduvi mirĩi Amendoim original.
Mandyju mirĩi Algodão original.
Marã e'yrã Eternidade, tudo o que não pode ser destruído.
Mba'emo ka'aguy regua Os animais silvestres.
Mbaraete Força física e mental.
Mboapy ára Durante três dias.
Mboi ymãi Pequena cobra, primeiro animal que andou e rastejou sobre a Terra; espécie de serpente da Mata Atlântica conhecida popularmente como "cobra rainha".
Mborai Canto sagrado.
Mborayu O amor infinito.
Guarani Mbya Povo Guarani.
Mymba retã, ypo, guyra Morada de animais e aves marinhas.
Nhakyrã pytãi Cigarra vermelha.

Nhamandu ombojera Nosso pai.
Nhamandu py'aguaxu Nhamandu que possui coragem, força de elevação espiritual.
Nhamandu py'aguaxu xy eterã Mãe divina de Kuaray, o sol.
Nhamandu py'aguaxu O sol (também Kuaray).
Nhamandu ruete tenondegua Pai primeiro do sol divino.
Nhamandu Tenondegua Primeiro pai divino, criador originário, dos seis firmamentos e de Yvy, Terra; pai de Kuaray, Jakaira, Karai, Tupã.
Nhande'i va'e Antigo nome do Guarani Mbya.
Nhandereko Nosso modo de ser.
Nhanderu tenondegua Nosso pai primeiro.
Nhanderu Pai divino.
Nhẽe ru ete Espíritos originais: Nhamandu Tenondegua, Kuaray, Karai, Jakaira, Tupã.
Nhẽe Espíritos, palavras, sons (de pássaros).
Nhẽrumi mirim Pequena árvore da qual provêm todas as florestas, espécie de árvore da Mata Atlântica conhecida popularmente como *vassourinha*.
Nhuũ upa Campos.
Onhembojera Desdobramento, desabrochando, surgimento.
Opy Casa de rituais.
Opyre Na casa de rituais.
Ore retarã ypykuery Nossos antigos parentes; os parentes originários.
Oyva ropy Firmamento de Nhamandu Tenondegua, para onde ele se retira após criar a Terra para descansar e cuidar de suas criações.
Oguata Porã Caminhos revelados.
Pakuri e ka'aguy poty Árvore frutífera; plantas medicinais.
Para guaxu rembe Beira do oceano Atlântico (*para*, oceano; *guaxu*, grande; *rembe*, margem). Lugar em Tenondere, onde nasce o sol, também chamado de Yvy porã.
Para guaxu O grande mar, o oceano Atlântico.

Para ja'o rakã   Ilhas.
Para pyxi rakã   Mangue.
Pará rakã apy   As nascentes.
Para rembe   À margem do mar.
Para yvytu ro'y   *Para*, oceano; *yvytu*, vento; *ro'y*, frio.
Parana   Rio Paraná.
Paranapuã   Ondas do mar.
Pararakã   Ramos dos grandes rios, afluentes.
Paraygua   Rio Paraguai.
Pekuru   Tipo de bambu.
Petỹ   Fumo.
Petỹgua   Cachimbo que recebe as emanações de Ayu Porã, "belas palavras".
Pindovy   Palmeira azul.
Popygua   Bastão insígnia de Nhamandu tenondegua, objeto sagrado utilizados pelos Nhande'i vae.
Porã   Bonito, bom.
Porãgue'i   Nossos filhos queridos.
Tajy poty   Ipê amarelo, que, quando floresce, anuncia a chegada de Ara Pyau.
Takua ru ete   Pai da purificação dos espíritos, dos Nhẽe.
Takuaruete   O espaço sagrado que o espírito Guarani se purifica, e para onde vai o espírito quando o corpo morre.
Takua, takuara   Taquara.
Takuarembo   Criciúma, espécie nativa de bambu da Mata Atlântica.
Takuaruxu   Tipo de bambu liso.
Tapyi, tekoa   Lugares onde acontece nosso próprio modo de vida.
Tataryku   Fogo líquido, lavas de vulcão.
Tataypy rupa   As aldeias, onde se acende o fogo; lugares renascentes em Yvyrupa; a ocupação Guarani.
Tekoa, tapyi   Lugares onde acontece nosso próprio modo de vida.
Tenonde   Frente; onde o sol nasce; uma das cinco direções

da Terra.
Tenondere Para frente.
Teĩnhirui Cinco, dois pares e um ímpar.
Teĩnhirui pindovy Cinco palmeiras azuis.
Tukanju'i Pequeno passarinho primitivo, o primeiro pássaro que surgiu na/da Terra.
Tuku ovy Gafanhoto azul, que põe ovos no chão e faz brotar os grandes campos e planícies.
Tupã ru eterã Pai do trovão, do vento e da brisa.
Tupã xy eterã Mãe divina dos filhos do trovão, das chuvas e do vento.
Uruguay Rio Uruguai.
Urukure'a Coruja.
Xejaryi (Kuery) Nossas avós, anciãs.
Xeramõi (Kuery) Nossos avôs, anciãos.
Xeramõi Anciãos, velhos com sabedoria.
Ximbo Tipo de cipó.
Xĩguyre Tatu, animal que fez o primeiro buraco, uma toca para criar filhotes na Terra.
Ya para'i Melancia.
Yakã ryapy Olho d'água.
Yakã Rios.
Yamã Girino, o protetor das nascentes.
Yguaxu Rio Iguaçu.
Ynambu pytã Nambu vermelho.
Yro'y rapyta A origem do frio, o oceano Pacífico.
Yta jekupe Contenção do mar.
Ytajekupe Cordilheira dos Andes, muralha de pedras.
Ytaku'i Areia.
Yvapuru Jabuticaba.
Yvy apy Ponta da Terra, Mata Atlântica ou Serra do Mar; chamada de Jekupe, costas do mar, por ser a faixa litorânea de montanhas; lugar muito importante espiritualmente para o povo Guarani.
Yvy mbyte Centro da Terra, região hoje conhecida como

Tríplice Fronteira; uma das cinco direções da Terra.
Yvy mbyterã   Centro da Terra.
Yvy porã   Terra boa, fértil e aconchegante.
Yvy tenonde   Primeira Terra.
Yvy   Terra. A palavra *Yvy* é formada por *yy*, que indica que a terra se forma através da água.
Yvyjuky   Terra feita de sal.
Yvyku'ixĩrenda   Morada de terra branca.
Yvyrá   Árvores e plantas; o que nasce da terra.
Yvyrupa   Usado para definir o território tradicionalmente ocupado pelos Guarani Mbyá. E também, em um sentido mais amplo, o próprio planeta Terra.
Yvytu katu   Onde se originam os ventos bons; uma das cinco direções da Terra.
Yvytu porã   Sopro da terra, ventos, origem dos ventos bons, ventos originários.
Yvytu ro'y   Origem do vento frio.
Yvytu ymã   Lugar dos ventos originários, frios; uma das cinco direções da Terra.
Yvytu yma'ĩ   Vento originário.
Yvyty   Muitas montanhas.
Yy   Água, líquido, corrente.
Yy ramõi   Onde nasce o sol, chamado também de *Para guaxu*, o "grande mar", oceano Atlântico.
Yyguaa py   Encontro de rio com o mar, atual Iguape.
Yyrupamarãe'y   Lagos de águas eternas.
Yyupa   Grande poça de água, atual Lagoa dos Patos.

COLEÇÃO «HEDRA EDIÇÕES»

1. *A metamorfose*, Kafka
2. *O príncipe*, Maquiavel
3. *Jazz rural*, Mário de Andrade
4. *O chamado de Cthulhu*, H. P. Lovecraft
5. *Ludwig Feuerbach e o fim da filosofia clássica alemã*, Friederich Engels
6. *Hino a Afrodite e outros poemas*, Safo de Lesbos
7. *Præterita*, John Ruskin
8. *Manifesto comunista*, Marx e Engels
9. *Rashômon e outros contos*, Akutagawa
10. *Memórias do subsolo*, Dostoiévski
11. *Teogonia*, Hesíodo
12. *Trabalhos e dias*, Hesíodo
13. *O contador de histórias e outros textos*, Walter Benjamin
14. *Diário parisiense e outros escritos*, Walter Benjamin
15. *Don Juan*, Molière
16. *Contos indianos*, Mallarmé
17. *Triunfos*, Petrarca
18. *O retrato de Dorian Gray*, Wilde
19. *A história trágica do Doutor Fausto*, Marlowe
20. *Os sofrimentos do jovem Werther*, Goethe
21. *Dos novos sistemas na arte*, Maliévitch
22. *Metamorfoses*, Ovídio
23. *Micromegas e outros contos*, Voltaire
24. *O sobrinho de Rameau*, Diderot
25. *Carta sobre a tolerância*, Locke
26. *Discursos ímpios*, Sade
27. *Dao De Jing*, Lao Zi
28. *O fim do ciúme e outros contos*, Proust
29. *Pequenos poemas em prosa*, Baudelaire
30. *Fé e saber*, Hegel
31. *Joana d'Arc*, Michelet
32. *Livro dos mandamentos: 248 preceitos positivos*, Maimônides
33. *Eu acuso!*, Zola | *O processo do capitão Dreyfus*, Rui Barbosa
34. *Apologia de Galileu*, Campanella
35. *Sobre verdade e mentira*, Nietzsche
36. *Poemas*, Byron
37. *Sonetos*, Shakespeare
38. *A vida é sonho*, Calderón
39. *Sagas*, Strindberg
40. *O mundo ou tratado da luz*, Descartes
41. *Fábula de Polifemo e Galateia e outros poemas*, Góngora
42. *A vênus das peles*, Sacher-Masoch
43. *Escritos sobre arte*, Baudelaire
44. *Cântico dos cânticos*, [Salomão]
45. *Americanismo e fordismo*, Gramsci
46. *Balada dos enforcados e outros poemas*, Villon
47. *Sátiras, fábulas, aforismos e profecias*, Da Vinci
48. *O cego e outros contos*, D.H. Lawrence
49. *Imitação de Cristo*, Tomás de Kempis
50. *O casamento do Céu e do Inferno*, Blake
51. *Flossie, a Vênus de quinze anos*, [Swinburne]
52. *Teleny, ou o reverso da medalha*, [Wilde et al.]
53. *A filosofia na era trágica dos gregos*, Nietzsche
54. *No coração das trevas*, Conrad

55. *Viagem sentimental*, Sterne
56. *Arcana Cœlestia e Apocalipsis revelata*, Swedenborg
57. *Saga dos Volsungos*, Anônimo do séc. XIII
58. *Um anarquista e outros contos*, Conrad
59. *A monadologia e outros textos*, Leibniz
60. *Cultura estética e liberdade*, Schiller
61. *Poesia basca: das origens à Guerra Civil*
62. *Poesia catalã: das origens à Guerra Civil*
63. *Poesia espanhola: das origens à Guerra Civil*
64. *Poesia galega: das origens à Guerra Civil*
65. *O pequeno Zacarias, chamado Cinábrio*, E.T.A. Hoffmann
66. *Um gato indiscreto e outros contos*, Saki
67. *Viagem em volta do meu quarto*, Xavier de Maistre
68. *Hawthorne e seus musgos*, Melville
69. *Ode ao Vento Oeste e outros poemas*, Shelley
70. *Feitiço de amor e outros contos*, Ludwig Tieck
71. *O corno de si próprio e outros contos*, Sade
72. *Investigação sobre o entendimento humano*, Hume
73. *Sobre os sonhos e outros diálogos*, Borges | Osvaldo Ferrari
74. *Sobre a filosofia e outros diálogos*, Borges | Osvaldo Ferrari
75. *Sobre a amizade e outros diálogos*, Borges | Osvaldo Ferrari
76. *A voz dos botequins e outros poemas*, Verlaine
77. *Gente de Hemsö*, Strindberg
78. *Senhorita Júlia e outras peças*, Strindberg
79. *Correspondência*, Goethe | Schiller
80. *Poemas da cabana montanhesa*, Saigyō
81. *Autobiografia de uma pulga*, [Stanislas de Rhodes]
82. *A volta do parafuso*, Henry James
83. *Ode sobre a melancolia e outros poemas*, Keats
84. *Carmilla — A vampira de Karnstein*, Sheridan Le Fanu
85. *Pensamento político de Maquiavel*, Fichte
86. *Inferno*, Strindberg
87. *Contos clássicos de vampiro*, Byron, Stoker e outros
88. *O primeiro Hamlet*, Shakespeare
89. *Noites egípcias e outros contos*, Púchkin
90. *Jerusalém*, Blake
91. *As bacantes*, Eurípides
92. *Emília Galotti*, Lessing
93. *Viagem aos Estados Unidos*, Tocqueville
94. *Émile e Sophie ou os solitários*, Rousseau
95. *A fábrica de robôs*, Karel Tchápek
96. *Sobre a filosofia e seu método — Parerga e paralipomena (v. II, t. I)*, Schopenhauer
97. *O novo Epicuro: as delícias do sexo*, Edward Sellon
98. *Sobre a liberdade*, Mill
99. *A velha Izerguil e outros contos*, Górki
100. *Pequeno-burgueses*, Górki
101. *Primeiro livro dos Amores*, Ovídio
102. *Educação e sociologia*, Durkheim
103. *A nostálgica e outros contos*, Papadiamántis
104. *Lisístrata*, Aristófanes
105. *A cruzada das crianças/ Vidas imaginárias*, Marcel Schwob
106. *O livro de Monelle*, Marcel Schwob
107. *A última folha e outros contos*, O. Henry
108. *Romanceiro cigano*, Lorca
109. *Sobre o riso e a loucura*, [Hipócrates]
110. *Ernestine ou o nascimento do amor*, Stendhal
111. *Odisseia*, Homero

112. *O estranho caso do Dr. Jekyll e Mr. Hyde*, Stevenson
113. *Sobre a ética — Parerga e paralipomena (v. II, t. II)*, Schopenhauer
114. *Contos de amor, de loucura e de morte*, Horacio Quiroga
115. *A arte da guerra*, Maquiavel
116. *Elogio da loucura*, Erasmo de Rotterdam
117. *Oliver Twist*, Charles Dickens
118. *O ladrão honesto e outros contos*, Dostoiévski
119. *Sobre a utilidade e a desvantagem da história para a vida*, Nietzsche
120. *Édipo Rei*, Sófocles
121. *Fedro*, Platão
122. *A conjuração de Catilina*, Salústio
123. *Escritos sobre literatura*, Sigmund Freud
124. *O destino do erudito*, Fichte
125. *Diários de Adão e Eva*, Mark Twain
126. *Diário de um escritor (1873)*, Dostoiévski
127. *Perversão: a forma erótica do ódio*, Stoller
128. *Explosao: romance da etnologia*, Hubert Fichte

COLEÇÃO «METABIBLIOTECA»

1. *O desertor*, Silva Alvarenga
2. *Tratado descritivo do Brasil em 1587*, Gabriel Soares de Sousa
3. *Teatro de êxtase*, Pessoa
4. *Oração aos moços*, Rui Barbosa
5. *A pele do lobo e outras peças*, Artur Azevedo
6. *Tratados da terra e gente do Brasil*, Fernão Cardim
7. *O Ateneu*, Raul Pompeia
8. *História da província Santa Cruz*, Gandavo
9. *Cartas a favor da escravidão*, Alencar
10. *Pai contra mãe e outros contos*, Machado de Assis
11. *Democracia*, Luiz Gama
12. *Liberdade*, Luiz Gama
13. *A escrava*, Maria Firmina dos Reis
14. *Contos e novelas*, Júlia Lopes de Almeida
15. *Iracema*, Alencar
16. *Auto da barca do Inferno*, Gil Vicente
17. *Poemas completos de Alberto Caeiro*, Pessoa
18. *A cidade e as serras*, Eça
19. *Mensagem*, Pessoa
20. *Utopia Brasil*, Darcy Ribeiro
21. *Bom Crioulo*, Adolfo Caminha
22. *Índice das coisas mais notáveis*, Vieira
23. *A carteira de meu tio*, Macedo
24. *Elixir do pajé — poemas de humor, sátira e escatologia*, Bernardo Guimarães
25. *Eu*, Augusto dos Anjos
26. *Farsa de Inês Pereira*, Gil Vicente
27. *O cortiço*, Aluísio Azevedo
28. *O que eu vi, o que nós veremos*, Santos-Dumont
29. *Poesia Vaginal*, Glauco Mattoso

COLEÇÃO «QUE HORAS SÃO?»

1. *Lulismo, carisma pop e cultura anticrítica*, Tales Ab'Sáber

2. *Crédito à morte*, Anselm Jappe
3. *Universidade, cidade e cidadania*, Franklin Leopoldo e Silva
4. *O quarto poder: uma outra história*, Paulo Henrique Amorim
5. *Dilma Rousseff e o ódio político*, Tales Ab'Sáber
6. *Descobrindo o Islã no Brasil*, Karla Lima
7. *Michel Temer e o fascismo comum*, Tales Ab'Sáber
8. *Lugar de negro, lugar de branco?*, Douglas Rodrigues Barros
9. *Machismo, racismo, capitalismo identitário*, Pablo Polese
10. *A linguagem fascista*, Carlos Piovezani & Emilio Gentile
11. *A sociedade de controle*, J. Souza; R. Avelino; S. Amadeu (orgs.)
12. *Ativismo digital hoje*, R. Segurado; C. Penteado; S. Amadeu (orgs.)
13. *Desinformação e democracia*, Rosemary Segurado
14. *Labirintos do fascismo, vol. 1*, João Bernardo
15. *Labirintos do fascismo, vol. 2*, João Bernardo
16. *Labirintos do fascismo, vol. 3*, João Bernardo
17. *Labirintos do fascismo, vol. 4*, João Bernardo
18. *Labirintos do fascismo, vol. 5*, João Bernardo
19. *Labirintos do fascismo, vol. 6*, João Bernardo

COLEÇÃO «MUNDO INDÍGENA»

1. *A árvore dos cantos*, Pajés Parahiteri
2. *O surgimento dos pássaros*, Pajés Parahiteri
3. *O surgimento da noite*, Pajés Parahiteri
4. *Os comedores de terra*, Pajés Parahiteri
5. *A terra uma só*, Timóteo Verá Tupã Popyguá
6. *Os cantos do homem-sombra*, Mário Pies & Ponciano Socot
7. *A mulher que virou tatu*, Eliane Camargo
8. *Crônicas de caça e criação*, Uirá Garcia
9. *Círculos de coca e fumaça*, Danilo Paiva Ramos
10. *Nas redes guarani*, Valéria Macedo & Dominique Tilkin Gallois
11. *Os Aruaques*, Max Schmidt
12. *Cantos dos animais primordiais*, Ava Ñomoandyja Atanásio Teixeira
13. *Não havia mais homens*, Luciana Storto

COLEÇÃO «NARRATIVAS DA ESCRAVIDÃO»

1. *Incidentes da vida de uma escrava*, Harriet Jacobs
2. *Nascidos na escravidão: depoimentos norte-americanos*, WPA
3. *Narrativa de William W. Brown, escravo fugitivo*, William Wells Brown

COLEÇÃO «ANARC»

1. *Sobre anarquismo, sexo e casamento*, Emma Goldman
2. *O indivíduo, a sociedade e o Estado, e outros ensaios*, Emma Goldman
3. *O princípio anarquista e outros ensaios*, Kropotkin
4. *Os sovietes traídos pelos bolcheviques*, Rocker
5. *Escritos revolucionários*, Malatesta
6. *O princípio do Estado e outros ensaios*, Bakunin
7. *História da anarquia (vol. 1)*, Max Nettlau
8. *História da anarquia (vol. 2)*, Max Nettlau
9. *Entre camponeses*, Malatesta
10. *Revolução e liberdade: cartas de 1845 a 1875*, Bakunin
11. *Anarquia pela educação*, Élisée Reclus

Adverte-se aos curiosos que se imprimiu este livro na gráfica Meta Brasil, na data de 5 de maio de 2022, em papel pólen soft, composto em tipologia Minion Pro e Formular, com diversos sofwares livres, dentre eles LuaLaTeXe git.
(v. 5c1c02c)